LA VOIX DE DIEU

Poésies Classiques

Ecrit Par

JACQUES M. VALBRUN

Au commencement était la Parole
Et la Parole était avec DIEU
Et la Parole était Dieu

Jean 1:1

Commander ce livre en ligne à www.trafford.com/06-3215
Ou par courriel à orders@trafford.com

La plus part de nos titres sont aussi disponibles dans les librairies en ligne majeures.

Avis aux bibliothécaires: un dossier de catalogage pour ce livre est disponible à la
Bibliothèque et Archives Canada au: www.collectionscanada.ca/amicus/index-f.html

Imprimé à Victoria, BC, Canada.

ISBN: 978-1-4251-1456-5 (sc)

*Notre mission est de fournir le service d'édition le plus complet et de permettre
à nos auteurs d'avoir du succès. Pour découvrir comment publier votre livre à
votre façon, veillez visiter notre site web à www.trafford.com/2500*

Modifié par Trafford 8/13/2009

www.trafford.com

Amérique du Nord & international
sans frais: 1 888 232 4444 (États-Unis et Canada)
téléphone: 250 383 6864 ♦ télécopieur: 812 355 4082

NOTES DE L'AUTEUR

Rémunére le passé, mon coeur s'applique à la méthode la plus aisée pour un ouvrage le plus simple et mieux enrichi. Je m'en crois être documenté pour avoir une éminente inspiration à laquelle j'ai dû converger toute ma force.toute ma volonté qu'implique mon coeur uniquement à Jésus-Christ. Tous ceux qui liront, saisiront ce livre. Saisiront l'opportunité de jouir le bonheur de la crème ,de la manne, cachés sans fin. Cependant, je n'ai pas honte ni trop méticuleux d'apporter toutes mes affections désireuses pour vous servir. Pour introduire dans mes stances les plus chères de notre ère. D'ailleurs , l'immense joie que j'éprouve, c'est de rendre la gloire continuellement à Dieu par notre Seigneur Jésus-Christ mon sauveur. Tout en aimant mes frères ,je désire de vous faire ces illustres pages poétiques. Quelles vous soient narrées octho-syllabes ,libres ou Alexandrin, donc je vous projette l'art religieux. Je remerçie l'Esprit-Saint qui m'a rendu force dans mon âme et me faire un instrument jovial a qui vous plaira.

La Voix de Dieu ! Que chacun a besoin de beau ouïr et lire pour rénover son âme pour le ciel.

La Voix de Dieu! Que chacun a besoin de savoir, est un secret pour vous à perpétuité. Ainsi, vous reconnaîtrez ce que c'est de partager l'amour:

L'auteur.

Proverbes 16:21 "Celui qui est sage de coeur est appelé intelligent, et la douceur des lèvres augmente le savoir". En toute sympathie j'ai le privilège de dédier ce livre sacré à mes enfants Cassandra et Lesly Valbrun.

Proverbes 16:3 "Recommande à l'Eternel tes oeuvres, et tes projets réussiront" Je profite l'occasion de remerçier tous ceux qui m'ont aidé à grand coeur de m' alléger dans cet ouvrage . Je veux bien remerçier sincèrement, ma femme Marie Carmelle Valbrun, mon père et à ma mère Mr,et Madame Arnold Valbrun.

Sans oublier de remerçier également le courageux ami et frère Carrel Raphaël et sa femme. Les secrétaires Mark Clark et Katia Evariste sans taupeur ont fait revivre mes pages de souvenirs. Je remerçie encore une fois tous ceux qui m'ont hébergé pour avoir une audition adéquate. Que Dieu bénisse Pasteur Belony Genère pour m'avoir récupéré mes documents.

BIOGRAPHIE DE L'AUTEUR !

Actif et brillant dans certaines illustrations progressistes,,notablement, à l'évolution de la lumière ,la carrière d'être à 2 kilomètres ,jadis, du Cap-Haïtien ,sous la colonisation, la Petite -Anse fut la capitale de l'île d'Haïti D'ou l'auteur a pris naissance. Suivi du Baccalauréat, il devient Technicien de Laboratoire Médical.

Poète, Ecrivain, Sociologue, Guitariste, Trompétiste, Harmonicariste etc...

Les livres que vous lirez bientôt du même auteur:

1 - Epoque de lumière
2 - Coeur d'or
3 - Rosé de baisers
4 - Le cor de l'âme

LA LUMIERE DU TEMPS

I

Oui, je vois briller dans le ciel
La lumière qui m'émerveille
L'amour m'est rendu officiel
Et,qui me guide, et me brille
Vers la lumière d'espérance
Oui m'attire dans sa confiance.

II

Cette flamme apparaît au ciel
Déjà, on voit bien la justice
Sans rapprocher de l'arc-en-ciel
Et le but de mon bénéfice
C'est Jésus de la vérité
Qui me fait sortir sa fierté.

III

Ce jour offre de bons conseils
M'invite mieux de m'incliner
Au menu spécial et pareil;
La paix qu'on doit mieux couronner
Dans le coeur, se voit tout orner,
D'une existence à rayonner.

IV

J'ai déjà bien la vérité
Jésus m'agrée tout ce succès
Qui me vient de l'égalité,
Il assure tout mon procès
Là, le verbe fait mon accès
Tiens bien les versets sans excès

V

Sois courageux pour le grand jour
En attendant la délivrance.
Jadis, le Seigneur est mon tour;
Mes lampes auront de l'essence
Que chacun l'apporte avec joie,
Ce sera un jour de bourgeois.

VI

On aura à tout conseiller:
Sur l'avenir et le passé.
Le pire qu'on a dû dépouiller
Le meilleur qui s'est bien classé
Dieu m'aura recompensé
Je ne serai un offensé.

3-6-80
J.MV.

SOUVENIRS DES ENFANTS

I

Dans le monde toujours moderne
On voit que le mécanisme
De la vie riche sera morne;
Le devoir ne sort d'humanisme
Qu'on déploie l'utilitarisme.

II

Dans un champs assez bien rempli
Ou les enfants cueillent des fleurs
En y formant un lit sans pli,
La terre a toute notre ardeur
Pour s' y être à Jésus dans sa lueur.

III

Tous veuillent jouir l'innocence
Acceptent bien ce sacrifice.
Les enfants de magnificence,
Ne savent rien dans l'artifice,
Je suis l'acte de tes bénéfices.

IV

Pourtant mes brebis me connaissent
Ils me voient spirituellement
De mes beaux-arts qu'ils en finissent,
Ils gardent mes commandements.
Pour eux, je deviens un sarment

13

V

Que j'aime tes beaux souvenirs
Je ne te livre aux enchères,
Tes chants ne cessent d'en venir;
Vers moi, plus qu'un parfum très cher,
Ma bénédiction t'en fait chaire.

VI

Tu en gardes mes statuts-quo
Tes amours aussi m'évermeillent
Et tes voies me font bien écho
Rien à ceux que je ne pareille,
C'en est fait; tes voeux que je scelle.

10-7-80
J.M.V.

14

NAISSANCE DU CHRIST

I

Quatre mille ans le monde souffre
Aux ténèbres à la lumière,
Le ciel d'un aver-à-flair s'ouvre
Jésus s'étend dans sa chaumière.

II

Chose étrange qu'on mieux ignore
Le grand mystère de la vie,
S'adresse alors au monde encore
Pour finir sa source tarie.

III

Parachève, son acabit
L'humanité prévoit son but,
En se sacrifiant sans crédit
Croyant devancer son abus.

IV

Sa naissance nous ressuscite
La vie du Christ nous fait revivre.
Mission de notre réussite
Devient la valeur à nous vivre.

V

Qu'on jouit mieux ,bientôt sa bannière
Cette fête qu'on commémore;
En Dieu Fils nous mieux réverbère
Et que la crèche soit sa gloire.

12-17-78
J.M.V.

SEIGNEUR !

Mon Seigneur !
Guéris-moi.
La douceur
De la loi,
La faiblesse
De mon âme
Me connaissent.
Je suis l'homme
Qu'on m'accuse,
Sur mon baume
Je m'excuse.
La douleur
Que je sente
En gagueur;
En conquête
Jésus-Christ
L'apanage.
Tu m'inscris
O! mon Dieu
Fais mes âges.
Prend ma vie
Sans faux dieu,
S'assouvie
Tout mon coeur.
Oh! destin
Qu'est vainqueur,
Vient certain
Dans mon âme
Jésus m'aime.
Je l'assume

Tous mes dons
Ma faiblesse
Tu l'obtiens,
Ma sagesse
Tu la tiens
O! Jésus...
Tu sais tout.
A l'issue...
Et surtout,
Tu me donnes
La victoire;
Tu pardonnes...
Aussi voire
Les péchés
M'asticotent
Tout perché
Sur ta porte.
C'est ta grâce
Que je trouve
Ta disgrâce
M'est alcôve.

21-11-78
J.M.V.

BENEDICTION

I

Sois Béni mon Dieu, mon tendre père:
Ton précieux nom vaut mieux que l'or,
Qu'on se voit grandir ta sphère
A ta magnificence encor
Ta loi fait toujours bien l'essor.

II

Sois béni mon Dieu, mon Sauveur
Je ne puis compter ton amour
Qui nous fait sentir ton odeur.
L'univers t'acclame toujours
Alors, tu dresses notre tour.

III

Sois béni mon Dieu, mon amour
L'amour qui fait voir ta lumière,
Que Jésus nous guide toujours
Tes enfants au gré de prières
Te font la couronne première.

IV

Du haut du ciel, jusqu'à la terre
Tu nous as donné des vertus,
Des trônes, pouvoir sont bien rares
Dans ce monde fort qui nous tue,
Et la nature t'évertue.

V

Attendons notre majesté
Venant dans sa gloire nous prendre?
Jésus nous couvre de bonté,
Et aux chers enfants doux et tendres,
Son règne, c'est de nous mieux oindre.

29-1077
J.M.V.

JESUS T'APPELLE !

I

Dans mon coeur, aussi dans mon coeur
Sa douce voix me fait sentir
Je la cherche comme vainqueur
Partout, qu'elle doit m'adoucir
Et je l'obtiens d'une lanterne
Qui me guide à l'heure certaine.

II

Je suis touché, je crie à Dieu
Mon silence se laisse voir
Et se taire sans dire adieu;
Mon âme le dit sans prévoir:
Si tu viens, tu seras bien riche
Suis -moi, et monte dans mon arche.

III

Mes sentiments parlent d'Abel:
J'entends,son assouplissement,
Alors, s'effond la tour Babel
Et l'émoi s'enfuit lentement,
Mon palais ne s'attache qu'à moi,
Pour exalter Jésus mon roi.

IV

Quand,après avoir bien chanté
J'entrerai en sa confidence
Qui me fait voeux de sainteté ?
Je comprends mieux mon existence.
Aussi bien la joie me sourit
Et ma vie fleurie s'assouvit.

V

Cette nature n'est pas loin
Quand je fais connaissance d'elle,
Tout m'a été changé sous foin
Le seigneur me donne des ailes.
J'ouvre encore mon coeur,mon âme
Pour loger mon Jésus suprême.

8-8-80
J.M.V.

L'INNOCENTE

I

Cette fille se sentit forte
Pour respirer sa cohorte,
Quand on la remarqua trop simple
Dans cette ville qu'on s'accouple
Ici ,s'habite une déesse,
Dit : sa surveillante maîtresse.

II

Elle aime à prier pour le monde
Dieu la connaît bien et la sonde.
Deux soldats vinrent l'arrêter
Ils tentèrent la dépister.
La vierge laisse se conduire
Sa vertu sembla bien l'instruire.

III

Quand bien bel, on l'interrogea:
Le roi lui dit:ce qu'il songea:
Pourquoi! t'attristes la nature
Qui fait toute mon aventure.
Que veux-tu faire du pays?
Parle! Sinon tu nous trahis.

IV

Quelle offre voudrais-tu te faire?
Le roi ne pourra la défaire,
Ma conscience ne peut se taire.
Faisons-nous la paix d'avec Dieu.
L'homme est toujours un demi-dieu
Sa courte vie se dit adieu.

V

Que mérite la jeune fille?
Tu ne peux me faire l'idylle.
Toujours mon étoile scintille
Le roi tomba malade
Sa réflexion lui rend maussade
Afin d'y avoir la croisade.

VI

Elle s'échappe à la torture
Elle ne mire la peinture,
Et, remercia Dieu de nature.
Celle du Christ atteind le roi
Toi, l'innocente prie pour moi,
Je me suis guéri par la foi.

26-9-80
J.M.V.

24

LE RELIQUE DE DIEU

Je ne veux pas seul aux études
Pour n'être jamais solitude,
Il faut bien que je me réveille
Ce beau talent que j'émerveille
Qui me fera la vie pareille.

II

Tiens ! voilà un beau jour propice
Je veux dégager mon auspice,
Non, comme une histoire de contes
Je le narre en argent d'escompte.
Ici, c'est ce que je raconte.

III

Ma bible et mes poches sont pleines
Je renonce à mon âme hautaine
J'ai mon maître pour mon Seigneur.
Rien ne m'abstiens pas d'être acteur ;
Je veux être un professeur.

IV

Comment aboutit-on cet acte ?
Il s'agit d'éviter ses pactes
Que l'on fait de ses yeux pour voir,
Le monde a perdu son pourvoir,
Si Dieu ne veut plus nous revoir.

V

Je ne puis m'aimer sans Jésus
Ma conscience l'a déjà su,
Je voudrais partager mon pain
C'est bien mon précepte à deux mains
Frères ! vivons pour lendemain.

VI

Il n'y aurait point de chômages
Si l'on sert bien Dieu dans notre âge,
Son amour, c'est de travailler,
Essayons de nous surveiller
Toi, qui veut se ravitailler.

7-9-80
J.M.V.

CHASSE INCONNUE

I

Un beau matin, on se réveille
Pourtant, à l'heure, qu'on s'habille ;
Pointe sur l'azur de zéphyr :
Et s'argumente notre lyre
Ce fut bien un jeu de saphir.

II

On se réveille pour la chasse
Le soleil peint le ciel en liesse,
A ceux qu'ont pourvus de souffrances
A ceux qui cherchent l'ordonnance
Crient gloire à Dieu dans ces stances.

III

Plusieurs ont poursuivis la guerre
Les méchants s'accroissent naguère.
Sans savoir l'écriture sainte
Remplie leur vie dans son enceinte
Et les assure leurs empreintes.

IV

Combien qui vont à la campagne
Combien vaut ce talent qu'on gagne,
Point de balance pour ce poids
On ne peut mesurer la proie
Ni, on ne peut manger ce pois.

V

Il s'agit de prêcher partout
L'amour du Christ est notre atout
Allez ! dans la ville sans crainte
Et l'esprit de Dieu nous oriente
Vers la vie assez délirante.

VI

Epagnez certaines folies
Ecartez l'idée démolie,
Et renoncent à l'esclavage
Qui voudront faire tant de rages,
Jésus disparaît ces naufrages.

9-9-80
J.M.V.

S 'IL FAUT...

Rêver d'être heureux dans ta vie
Dans un bonheur qui t'a suivi
Sois bien tête-à-tête avec Dieu.
Tes raisons percent les dieux
Les soucis, les orgueils s'enfuient,
La légende noire te fuit.

II

Agir et parler pour Jésus
L'honneur est meilleur qu'on a su,
L'on devient maître de soi-même ;
Grâce à notre Sauveur suprême.
Le cœur d'un chrétien s'enjolive
A l'espérance qu'il poursuive.

III

Croître dans l'amour que l'on vit
Ce dessein que l'on bien choisit.
Tiens mieux ta mansuration ;
Etre dans l'allitération,
La morale te sert conseil
A servir Dieu aussi merveil.

IV

Semer, cultiver et planter
Fais-le pourtant, pour le chanter
Et à la gloire du Seigneur
On sortira un bon meneur.
Cherche donc la douceur de l'âme
Tu fleuriras mieux sans de larmes.

V

Aimer, pour chanter de l'amour
Qu'on ne voudrait compter son jour,
Voici, que rien ne t'emprisonne
Jadis, l'Esprit-Saint t'environne.
Et tu tiens déjà ta semance
La vie du Christ nous est immense.

3-10-80
J.M.V.

ESPRIT DE DIEU

I

Donnes-moi, sagesse et conduis-moi
Emmènes bien l'aveugle avec toi
Comme une brebis que tu as gardé
Ta culture n'a jamais tardée...

II

Dieu de lumière, voici l'enfant ;
Qui veut bien sortir du néant
Comme infortuné de toute vie,
De ton esprit, je m'en fortifie.

III

Blase sa couleur et ses soupirs
Qui bornent l'émoi en souvenirs,
O divin, maître ! fais moi grâce
Ta bonté me lie en pleine source.

IV

Montres-moi, ta vraie route en étoile
Toi, consolateur qui me brille,
Et ta pitié n'a jamais de fin
Comme on voit le soleil du matin.

V

Saint-Esprit, enseignes-moi, ma vie
Père me nourrit sans tragédie
Et que ton enfant te remerçie
A ton travail, que tu disgrasçies.

VI

Esprit de Dieu, tu es ma lumière
Oh ! tu me rends la force sans fièvre
Tu me couvres de toutes tes ombres,
Pour éviter l'air des ténèbres.

31-3-76
J.M.V.

ANGELUS !

L'heure sonne la délivrance,
Jésus vient, vient notre espérance,
Où l'on voit la terre promise
A qui tout l'on donne sa muse.

II

Peuple assoiffé de la vie
D'un cœur, voici notre eau-de-vie,
Ceux qui résistent dans l'amour
Père éternel les font séjour.

III

Les chants des anges rassemblés
S'ouvrent le ciel à l'assemblée
Et l'on voit la lumière brille
La clé d'or, la Bible pétille.

IV

On entend l'écho des tempêtes
Et le cor encore, se répète,
Acclamons notre délivrance
Jésus nous a fait bien l'alliance.

V

L'humanité chante sa foi
A Dieu d'univers pour son roi
Qui fortifie l'esprit et l'âme
En faisant bien chair à tout homme.

VI

Boire sa source perpétuelle
On plait Dieu dans la vie mutuelle.
Point luttes et morts, on vivra ;
Dans les cieux que l'on espéra.

16-3-76
J.M.V.

VERS JERUSALEM

I

David fils du roi : Sion se lève
Pour répondre aux perdants d'âmes,
David fils d'Abraham se lave,
Jésus t'éfface bien nos larmes

II

Offre à Dieu tout ton pauvre cœur
Et tu seras rempli de joie,
Vas s'unir à lui, jusqu'au chœur.
Ce salut fera bien ta voie.

III

Une vie à se reformer,
Un temple à se bien reconstruire,
Tu viendras chrétien à former
Au sein des riches qu'ont à luire.

IV

S'unir ta couronne,de vie
Au cher salut du rédempteur,
Le ciel t 'attend à bonhomie
D'un saint baiser du créateur.

V

Jérusalem, fille d'Israël
A mieux connu la voie du ciel
Comme un monde vient maternel,
Se fait bien l'amour paternel.

VI

Père, qu'on chante alléluia
Se souvient tous, jusqu'ici-bas
À l'endroit où l'on fuyera,
L'esprit vivra, n'a jamais las.

23-3-76
J.M.V.

LE MONDE SERA GUERI

I

L'homme était heureux dès sa naissance
Se passait maître de la nature
Quand son amour remplissait d'aisance
Il chanta bien sa bonaventure,
Alors,qu'il lui manqua la droiture.

II

Quand Dieu nous donna sa possession
L'homme se souvint lui remercier ;
Ce garant sera une addition
Jésus nous plait de nous disgracier
Sa vertu nous fait officier.

III

Voici, le monde devint géant,,
Quand vint la tritesse du péché
La vie l'engloba et, sous néant,
Le coup réduit, l'a empêché
D'être saint, Jésus, qu'on a cherché.

IV

Qu'on le chercha spontanément
Avec de larmes ,ou de colère
Joie, ou de peine en ce moment,
Tant qu'avec souffrance de la guerre
Qu'on chercha mieux Jésus sans misère.

V

Qu'adviendra, la statue humaine
Devant l'agression des ennemis ?
Nous pleurions encore notre haine
Satan viole, ce qu'est nous permis
Jésus le vengera dans l'hautaine.

VI

Encore, il blessera ce diable
Il le brisa sous un coup fatal :
Ses pas ne nous soient intermissibles,
Bien sûr, Dieu sera notre jovial
Son esprit sera notre initial.

9-12-80
J.M.V.

NON... MAIS POURQUOI ?

Je vis toujours à l'inquiétude
De ma fortune sans étude.
Je cherche à l'économiser
Le temps veut me préconomiser.

II

Quand l'amour agite ma force
L'orgueil de ma vie le remplace.
Que je ne peux le balancer ;
Je veux marcher sans m'avancer.

III

Mais pourquoi, suis-je solitaire ?
Mon âme semblait bien se taire.
Jésus serait-il mon ami ?
Lui, que j'étais son ennemi.

IV

Non... je ne voudrais l'appeler
Je préférais bien m'en aller...
L'ombre me pâlit bien encor
Sans me faire entendre son cor.

V

Je discute sans connaissance
Alors, je pleurs sur ma naissance,
Je cache bien ma volonté
Je présente ma vanité...

VI

Mais pourquoi, j'ai eu assez peur ?
Mais non...ma vie a fait d'erreur.
Je m'en souviens de ma fortune
Sans passer même à l'infortune.

VII

Seul nom qui puisse me guérir
Jésus qui puisse me chérir.
Je l'accepte pour mon sauveur
Dieu me donne paix et bonheur.

15-12-80
J.M.V.

VIE FUTURE

I

Que diras-tu dans l'avenir ?
Que pensais-tu de convenir ?
D'entrer en hallucination
Pour admirer toutes nations
Quelle serait donc ta fonction ?

II

D'abord, Jésus-Christ est ma vie
Oh ! sa lumière m'envahie,
Et ma passion l'héritera
Le bonheur, qu'on ne finira
A la joie, qu'on ne cessera.

III

Avec lui, j'aurai liberté
Et tout sera ma vérité
Quand je prendrai ma pureté
Je connaîtrai la loyauté,
Qui me sera la chasteté.

IV

Je n'aurai jamais de frontière
Jésus serait mes altières,
Mon âme serait bien paisible
Il me donna tout, c'est possible
Alors, tout sera bien visible.

V

Je verrai mon père en personne
Je recevrai toute son besogne
A laquelle je ne mérite ;
Je consentirai à son rite
Pour l'adorer selon son mythe.

VI

Je jouis la vie sans à détruire
Dieu me fait heureux sans se nuire.
Je m'obstine bien à ses ordres
Pour m'écarter à tout désordre,
L'Eternel me fera bien tendre.

20-12-80
J.M.V

ALLELUIA !

I

Quand le monde chante pour le ciel
Il y a la joie, la paix, l'amour
Tu deviendras un être officiel
La vie change en mystère du jour
Voici la terre qui nous enfante,
L'homme aussi capricieux ne la vante.

II

Pour l'amour du bon Dieu qu'on l'adore
Dans l'amour du Christ, qu'on voit la prose
En tout temps ,en tout lieu, c'est le père,
On voit la douce pluie nous arrose.
Alléluia pour le ciel qu'on chante
Au monde qui parle et s'épouvante.

III

Frères, sœurs aimons-nous d'aujourd'hui
Semons-nous, car la récolte est prête
Le retour du Christ nous a beau ouï.
Poursuivons la route ; qu'on n'arrête
Tout chrétien doit pouvoir être fier
De vivre pour bon Dieu qu'à se lier.

IV

On respira à Jérusalem
On le feuillera mieux de lauriers,
La fête de cité de Salem
Nous serons tous pourtant familier.
De couronner celui qu'on attend
La vie qu'on presse, qu'on y prétend.

V

Les soucis de vie passent en gloire
La récompense nous fera sage
L'Eternel nous donne son pourboire
Encore, vouons-nous tous à ce gage
Avec Jésus, nous ferons tous qu'un
Luttons pour l'avoir tous en commun.

6-6-76
J.M.V.

QUI EST PRISONNIER !

I

L'homme soit disant homme s'en doute
Sur la vérité, qu'il ne s'envoûte,
On craint les problèmes de la vie.
La saison ne peut être à semie,
La raison n'a conçu à demie.

II

Jésus nous a fait tant de promesses
Incroyables, mais vraies aux sagesses,
Ceux qui persistent pour les avoir,
Soient un bon titan dans son savoir
La puissance nous est un pouvoir.

III

On ne peut plus se neutraliser
A des choses qu'on ne peut viser,
On arrivera point se borner
La vie qu'on voudrait toujours orner,
N'est la seule qu'on veut aliéner.

IV

Le riche montre ses caractères
Qui ressemblent souvent un critère,
Quand le pauvre se sonde lui-même
Qu'il fasse paraître tous ses germes,
Ces génies deviennent syllogismes.

V

Ta passion est-elle prisonnière ?
Frères ! Jésus est notre bannière
C'est un trésor qu'on a consulté.
Et qui passe tes hostilités
En la raffinerie de beauté.

VI

Nous ne donnons la main à Satan
Christ l'écrase, nous faisons titan.
Qui est donc prisonnier de la vie ?
Ceux qui m'en viennent de l'ennemi,
Dieu m'augmentera la bonhomie.

22-12-80
J.M.

PARTARGEONS NOS PAINS !

I

Le plaisir peint notre amitié
Déjà, on la voit initié.
On la regarde bien frivole
Que certains sarcasmes s'envolent
Sans bien penser à l'hyperbole.

II

Dieu veut, qu'on nous montre les mains,
Nos prières changent en pains
Et nos vertus en traductions,,
Acceptons cette confession
De foi, sans même convention.

III

Daignez, partager notre amour
Qui s'habite à nos alentours,
Que ce sentiment nous protége
Jésus le connaît comme gage
Car, il nous le donne en partage.

IV

Vivons bien dans la charité
Qu'inspire mieux notre piété.
Notre Seigneur veut notre bien
Et qu'il dépouille de nos tiens
Les tares qui lient aux chrétiens.

V

Dévoilons aussi nos franchises
L'âme fera bien notre devise.
La paix à se confier sans craindre
Celle de Jésus nous fait oindre ;
Il s'agit la vie à se tendre :

VI

Cet amour est bien naturel
Partageons ce qui est réel
Que l'Esprit - Saint nous console
Car, il nous donne sa parole
Prophétisons la sans asile.

12-23-80
J.M.V.

LIBERTE ! LIBERTE !

I

On m'avait traîté, comme esclave
Sous un joug qui m'était point suave
Je ne pouvais plus me réjouir.
Quelqu'un m'est cher, voudrait m'enfuir
Je le tiens, il paraît me fuir.

II

Quand je tombais, je le cherchai
Celui qui me voyait, s'y ait,
M'embrassa comme mon grand frère,
Jésus me sauva en altière
Me fera prince dans mon être.

III

Je suis parfaitement bien libre
La joie me fera aussi tendre,
Parce que l'esprit me rayonne
Et le bonheur de Dieu y règne
Dans son amour que je cantonne.

IV

Mon âme a trouvé plus de grâce
Quand l'orage fuya ma trace,
La liberté m'est bien de Dieu
Sans lui, on aura point des yeux
Et, que les anges sont radieux.

V

Liberté mot qui s'égalise
La société de notre classe,
Et que Jésus-Christ nous redresse
Dans la même foi de finesse
Qui remplit tant notre sagesse.

VI

Liberté que Jésus proclame ;
Fait l'indépendance tout homme
Qui chercha le progrès d'union,
Le travail lia la réunion,
Atteindra toute désunion.

5-2-81
J.M.V.

L'AVEU

I

Je m'en souviens de l'art chrétien
Qu'on avait bien persécuté,
Au début, ce que je retiens
C'est la vertu de la chasteté
Des gens perdent mieux leurs beautés.

II

Des tragédies laissent ces traces
Aux drames qu'outraient sans confin.
Dans un monde qui n'a de places,
Le sol a de tares enfin,
A qui le vieux monde remplace.

III

L'innocente vierge est survenue,
D'un titre de prince Emmanuel
Qui s'abaisse bien jusqu'à nu,
Pour nous sauver dans son manuel
Dans une loi, qu'est bien tenue.

IV

Depuis la fondation du monde
L'aveu a pris la forme d'athée,
Et n'a de ceinture profonde.
Jésus-Christ répand sa bonté.
Rachète l'homme, qu'il émonde.

V

Les déclarations sont aveux ;
Parce que Dieu est amour,
Sa promesse nous lie des vœux
Que nous apprendrons chaque jour
Nous le scellons avec bons sceaux.

VI

Nous demandons la vie à Dieu
Que notre âme bien le connaît
Et qu'il est dans notre milieu
Comme une source, qu'on renaît
On l'acclame dans tout ce lieu.

20-1-81
J.M.V

MAJESTE !

I

Ta puissance est bien solennelle
Toujours à la gloire éternelle,
Bonté divine que j'inspire
Ta renommée que je désire,
Ton serviteur est sans mesure.

II

Seigneur, je te salue en prose
De tout cœur, mon âme t'arrose,
Ta grâce me sert de richesses
Tu me conçois dans ta sagesse
Aussi, merci pour ta promesse.

III

Ta valeur m'est toujours précieuse
Qui relève mon âme pieuse,
Ta grandeur me fera la source
Que je la revive en ressources ;
Ta douce paix m'a fait justice.

IV

Mon Sauveur aie pitié de moi
Ton grand amour n'a point de loi :
Alors, que tu me la restaures
Très loin, loin, jusqu'aux mont-empires,
Pour m'éloigner à ceux des pires.

V

Roi de ma vie, voici ta gloire
Tu m'as sauvé dans la victoire,
Tu me fais un enfant de prince
Je te donne ma révérance,
Qu'induit toute ma véhémence.

VI

Eternel règne dans ma vie
Que ton idylle me ravie,
Qu'il m'ajoute dans mon bonheur
Paix, joie, aussi dans ton honneur
Que je loue, mon Dieu, mon Seigneur.

5-3-81
J.M.V.

MILLE JOIES

I

La nature est enchanteresse
Les saisons font bien politesses
Disent à l'homme leurs grandeurs,
Voulant des collaborateurs
Pour être mes amis d'ardeur.

II

Je connais fort mon doux maître
Qui, dans son amour me fait naître,
Jésus-Christ est mon rédempteur
De plus, Dieu est mon créateur
Que l'homme l'emploie, sa grandeur.

III

Qui a bien la joie dans son cœur
Recherche son petit bonheur
Qui s'exprime mieux sa passion,
On dira une altération
Partout, poursuivit en action.

IV

La joie c'est la contemplation
De voir planer notre fonction,
Le cœur palpite ses souvenirs
Passés qui ne peuvent finir,
Le présent dore l'avenir.

V

On a vu pourtant, tout en or
Nom de Jésus sème trésors,
Et le ciel est rempli de perles
On le chante des qu'on le parle,
L'amour vient puissant dans nos zèles.

VI

La joie est berceau de l'amour
Elle ouvre et ferme nos séjours
Et la famille la caresse,
Elle est dépendante en sagesse
Ce qu'on lit la délicatesse.

VII

Avec l'esprit, qu'elle est gratuite
On rêve, on chante, ensuite :
Dieu nous invite à sa vertu
Que son probe nous s'évertue
Liberté de tout son statut.

17-2-81
J.M.V.

INDULGENCE

Faites-vous bien l'aumône aux pauvres
Prenez pitié, aux gens de fièvre,
Qui souffrent tant de compassion
Au bien être à sa passion,
Et aussi à l'humanité.
Rien ne vaut l'unanimité,
Donc, seule, la prière est grande
En face cette sainte offrande,
Devant cette bénédiction
D'un Dieu infini et fiction,
Pour chanter un alléluia
En berçant l'avé maria.
Donnez pour avoir la conscience.
En la traîtant de cette science
On se rend un vrai amateur.
On se sent un vrai médiateur.
D'un cœur riche faites l'aumône
Petits et grands sont aussi mornes
En s'évertuant à la bonté
D'un cœur qui rêve d'exalter.

4-9-72
J.M.V.

PASSION DU CHRIST

I

Affligez sous les poids d'univers
Infligez à la croix douloureuse
L'homme insensé agit de revers
Christ veut que son âme soit heureuse.
Dieu veut la vie de tous ,soit joyeuse.

II

A la croix, un mystère s'incarne
Calvaire gît déjà le victime
Le glas du ténèbre se déchaîne
Le regret se voit sans qu'on estime
Luttes, du bien et pire d'ultime.

III

La passion du Christ, c'est la souffrance
Voir la tragédie de son visage
Celle-ci indique la délivrance
La misère qui fait des carnages
La maladie à travers les âges.

IV

De ce joug, le peuple crie pitié
Dieu Puissant sauve l'humanité
De ce grand calvaire d'initié,
Ou l'homme pense sa vanité.
Dieu Eternel, œuvre sa bonté.

21-2-69
J.M.V.

REPENTANCE D'UN ATHEE

I

La vie m'était vraiment en fleurs
Elle me parlait de bonheur
M'affirma-t-elle dans mon âme ?
Saisis-moi, je n'ai pas de larmes
Profites-moi de tous mes baumes.

II

Ma raison m'a bien fait folie
Méthode que je ne délie,
Le rire étant ma profession
Le plaisir sortait ma passion
On se moquait tous, sans fictions.

III

Maintenant, l'Eprit me parla
Et, sur moi, qu'il me beau perla
Encore, il me changea ma vie
J'ai Jésus pour ma bonhomie,
Ma philosophie est finie.

IV

C'en était assez ma conscience
J'avais connu de pires sciences ;
Oh ! j'ai blessé toute mon âme
Qui me brûla comme une flamme
Versant le chagrin de mes larmes.

V

O Dieu aie pitié de ma vie
Ecoute-moi, qui t'enchérie,
Tu es toute ma destinée
Ta douce voix m'est fortunée :
Ta lyre m'est aussi ornée.

VI

Devrais-je garder le silence
Du Christ dans un cœur de vengeance ?
Non, je voudrais la repentance
D'avoir la trilogie du père
Alors, j'ai Jésus pour mon frère.

2-26-81
J.M.V.

FIGURE DE JESUS

I

Son nom vient du ciel sans l'émoi
Jusqu'aux bas-fonds du grand ténèbre
On le méprise comme roi.
Il resta encore dans l'ombre
Sans pénétrer jusqu'aux pénombres.

II

Lui, qui ne cache son diamant
Laissant resplendir pour le monde
Tout son amour a des amants.
Choisit des choses bien immondes
Au merci, de celui qu'on sonde.

III

Jésus-Christ narre sa figure
Au plus grand soin de tout artiste,
Il la donne en architecture
A cette science, qu'on persiste
Grâce à l'amour qui lui consiste.

IV

Celui qui fait voir le soleil
Laisse sa beauté resplendide
A l'univers aussi vermeil,
Ses joues restent toujours candides
Aux humbles qu'attiraient l'attitude.

V

Sa figure est mieux translucide
C'est bien, un beau livre sans fin,
Qu'on voudrait saisir en prélude
Sa liesse répond nos confins
Chacun l'attire le matin.

VI

Nul ne peut avoir sa figure
Qui nous dresse tant de messages
L'homme y répond en peinture,
Dans son cœur, on croit être sage
Qui ressemble à Christ dans nos âges !

4-1-81
J.M.V.

LA VOIX DE DIEU

I

Ma prescience sort de ma sagesse, je suis saint
La gloire délecte ma voix, écris mon seing,
La prédilection agit de ma propre force
Et je bénis l'univers entier sans violence.

II

Jadis, ma lumière donne naissance à tous
Moi, qui connais le secret de tous les atouts,
Je déploie ma science comme vêtement blanc
Et ma gloire repose bien dans mon titan.

III

Oh ! ma douce voix ressemble à ceux du tonnerre
Aux yeux de philanthrope, je veux mieux te plaire,
Quand mes mains puissantes s'ouvrent, on vit mes œuvres
Sans pourtant, passer en aucune autre manœuvre

IV

Je suis le Seigneur qui fait la magnificence
Et tout mon chef-d'œuvre sortira ma confiance,
J'établis l'alliance avec Abraham ton père
Que ce grand mystère de la vie reste austère.

V

Ma grandeur n'a point de limite dans ma bonté
Ma profondeur se base à notre vanité,
Car, nul ne peut comprendre ce trésor d'amour
Qui te paraît aussi beau à ouïr toujours.

VI

Combien, j'ai changé les ténèbres en soleil
Ceux qui soupirent, réveillent à leurs réveils,
Le monde me fait bien la couronne de gloire
Par mon fils Jésus-Christ qui gagne la victoire.

11-4-80
J.M.V.

APPEL DU CALVAIRE

I

Sur le mont d'acropole se trouve un mystère
Et l'univers entier l'acclame sans austère
Dieu jusqu'à l'Esprit-Saint, nous l'a fait connaître
Par sa nature, Jésus nous fait comparaître.

II

L'humanité s'enchaîne à ce grand rendez-vous ;
Venez donc aux eaux, sans cartes, sans même un sous,
Venez et manger gratuitement dans ma noce
Et vous me semblererez, de mon innocence.

III

Calvaire parle, aussi, nous vous écoutons ;
Ah ! voici la lumière que nous attendons,
Celui qui me croit et qui observe mes lois
Je lui ferai prince de toutes mes alois.

IV

Tous ceux qui comprennent ma souffrance s'engagent,
Les enfants qui voient mes blessures ne m'outragent
Comme ma douleur leur serait un meilleur fruit
Venant du père, je leur ai donné gratuit.

V

Pardonnons-nous , confessons-nous au rédempteur
Et vous aurez bien la clé de notre Sauveur ,
Vous deviendrez lumière aux astres du ciel
Marquez de son sceau, Jésus nous fait officiel.

15-9-78
J.M.V.

CALVAIRE !

I

La voie transcendantale pourtant est aussi libre
Le chemin spacieux a tant de places sans fibre
Et que Jésus-Christ personnel nous a choisi
De bâtir notre demeure sans courtoisie.

II

Suivre le chemin qui mène juste qu'au calvaire !
De porter ta croix maintenant sans te distraire
Mais, de supporter la souffrance de la vie
Sans aucun emblème, sans plus d'hypocrisie.

III

Jésus tend les mains vers les pauvres et les riches
Voire, sa gloire vit en nous, et nous l'approche
La lumière nous frappe, c'est de l'évangile ;
Qu'on doit pouvoir passer à la porte fragile.

IV

Sur le mont, coule le sang de cet innocent
L'affront de ce juste nous transmet sans accent.
La blessure retombe sur l'humanité ;
La nature pécheresse souffre sans charité.

V

L'âme, l'esprit et le corps méritent ce sort
De pardonner , en participant au trésor,
Du ciel, qui nous demande de nous sanctifier
Mieux, nous recevons l'offre de nous justifier.

VI

Alors, le mystère de la mort, c'est Jésus
Il a le pouvoir de donner sans qu'on a su
Il tient de s'envoûter, car, c'est bien notre maître
Il nous aime plus que lui, il nous fait renaître.

26-I0-78
J.M.V

MYSTERE DU CALVAIRE

I

Un homme prêchant partout, sa voix nous résonne
L'écho de sa parole nous fait bien tant chaire
Pour reconnaître le secret de trois personnes ;
Christ dans : l'Alpha, l'Omega ; nous est mandataire.

II

Nul ne peut comprendre cette confirmation
Si ce n'est le fils de l'homme qui s'est livré ;
Pour l'humanité qui consacrait à l'onction
Dans un seul commandement qu'ait toujours œuvré.

III

Aimons-nous frères, aussi, en un seul esprit
Or, la victoire de Jésus-Christ nous rassure ;
Le salut de sa grâce nous est-il reprit ?
Aimons sa joie, et nous fait voir sa culture.

VI

Qui peut résister au mystère de la croix ?
A Golgotha la souffrance change en amour,
Qui donne la vie, la perd : voici roi des rois
A gethsémanée son sang nous blanchit toujours.

V

A l'insu, le monde s'ébranle dans l'angoisse
Ne sache que faire, son cortège offensif,
Suit jadis le pire dans son âme hardiesse
L'étalage suait aux regards fugitifs.

VI

Quelle possession, qu'il apporte le plus sombre
Ce n'est que l'orgueil, jalousie qui sont ces faits,
Perdre la raison aux confins de toute ombre
Hommes sans lumière soient prudent aux méfaits.

VII

Gens peu de foi, ainsi écoutent les apôtres
Qui guident ton bon cœur vers les parvis célestes
Les prophètes nous caressent dans leurs chapitres.
T'annoncent l'arrivée de Jésus à son poste.

2-16-80
J.M.V

L'EGLISE

I

Quelle douce lueur qu'allume bien à merveille
Fille vêtue de toutes couleurs, s'émerveille ;
La voie chrétienne se voit, pourtant s'évertue
La chaleur qu'émonde tous en un statut.

II

Brille comme le feu d'artifice éternel
Trésor du monde inconnu que vient paternel,
Quand la cloche sonne, on crie gloire au Très-Haut
En conservant la sainteté tout en héraut.

III

Quand ton beau souffle puissant répand sur ton peuple
L'église le bon berceau du monde a tout peuple
L'évangile proclame son indépendance :
La liberté réligieuse a son essence.

VI

Jésus-Christ le souverain sacrificateur :
Nous délibère la chaîne du tentateur
Au grand prix de son sang précieux qu'œuvre son cœur
L'Alpha, l'Omega sortant réalisateur.

V

L'église fille chérie qu'épouse tout homme
Glane et marque le beau souvenir de toute âme ;
Grâce à Jérusalem, nous avons notre temple
Le Saint-Esprit nous conduit à la cité simple.

VI

Aux gens bien nés, et à l'humanité entière
Qu'attendent leur bonheur qui changea en altiers ;
Pourtant, la promesse divine le conçoit,
Te revêtit de toutes armes, qu'on aperçoit.

13-1-80
J.M.V.

LA PRIERE DU SOIR

I

Le soleil disparaît, laissant voir son azur
Sous un ciel descriptible, qu'on peint sans mesure,
Que nul ne mieux décore, l'astre du milieu
Sa couleur encor nous reflète sans adieu.

II

Toute la terre raconte gloire au Seigneur
Et sa puissance glane bien dans notre lueur,
Quand tous les petits enfants trouvent leurs tendresses
Leurs fronts courbés sur ses bras à leurs sagesses.

III

Combien d'entre eux qui se souviennent de leurs fautes
La repentance de nos actions nous emporte,
La vision de Jésus nous donne l'espérance
D'une vie novelle a sa toute ressemblance.

VI

Quand nous confessons, nous pensons toujours aux pauvres
Dieu nous enjolive bien dans toutes ses œuvres,
C'est pourquoi, la nature obéit à ses ordres
Et nous attire dans son temps à être sobre.

V

Quand nous supplions des mots doux et agréables
A notre père qui voit que nous sommes faibles
Se souvient de nous dans son amour aussi propre
Sa bonté nous manifeste sans aucune ombre.

VI

Que tous se reposent sous l'empire de Dieu
Les hommes ont besoin d'être réligieux
Le soir ils ont vu douce la contemplation
Et qui procure la paix pour leurs ovations.

4-4-80
J.M.V

ECHO DE L'HARMONIE

I

La nature nous expose méditations ;
Comme cause majeur n'est que révélations,
Dans l'architecture d'un monde bien bâtit
A l'homme qui se moralise la partie.

II

Jésus n'est que le médiateur dans notre lyre
Une vue de panorama qui nous attire,
Et qui nous apprend le secret de la musique
L'Esprit-Saint d'indicateur nous vient d'authentique.

III

Le chef musical nous fait sa grande chorale
Dans la matinée, on écoute la morale,
Des saintes litanies que récitent les anges
Nos lèvres ne notent point à ceux des archanges.

IV

Dieu appuie les faibles dans son amour sacré
Il les console bien dans son parfum ancré,
Dans le soir, on dit fort aise, c'est l'harmonie
Qui murmure mieux la chanson de tout génie.

V

C'est la science des sages que parlent tout homme ;
Pourtant, certains font croire au monotone même ;
D'autres éprouvent leurs plaisirs dans le Seigneur
La promesse attachera à notre labeur.

VI

Dans la voix de Jésus trouve le paradis
Toi, le mystère de la vie, tu nous en redis,
Tous ceux qu'existent à grâce de te chanter
L'univers le rend gloire de toute équité.

80-3-80
J.M.V.

ROI DU MONDE

I

Ayant blanchi de laine, perle de la neige
On entend bien les mélodies de l'univers
Pour première fois, dans les annales des anges
Jésus monta une monture à nos travers.

II

Vois-tu cet innocent luit comme le soleil
De toute part, on l'admire sans préjudice,
Dans notre âme, il paraît qu'il nous émerveille
Notre cœur bat la prunelle de sa justice.

III

Alors, profile cette noble possession
Que le roi de gloire fasse mieux son entrée
Des olives à la main, faisons-lui l'onction,
On le voit à Jérusalem dans la contrée.

IV

La foule l'acclame pour toute sa sagesse
Couronnons-le ! couronnons notre majesté,
Le ciel et la terre le couvrent de sa liesse
Jésus nous donne la victoire de sainteté.

V

Hommes, femmes, tous tiennent en mains des rameaux
Et qui traduisent la gaieté d'un vive hommage ;
Tout le monde exerce le pouvoir de ce sceau
Et qui restera bien éternellement sage.

VI

Voici l'agneau du monde, c'est la pureté
Charges de martyr et de peines, sans offenses.
Gardes toujours même amour de la vérité
Viens maintenant à Jésus, c'est notre défense.

11-15-03
J.M.V.

JOUR DE L'AMOUR

I

A l'instar de toutes prémices bien données
On voit naître toutes les choses mieux ornées ;
On dirait que le Seigneur nous en fait connaître
Le secret de sa lumière comme bien-être.

II

Cette science se fleurie bien dans son domaine
Et, ayant objecté toute puissance humaine,
Dans ses mains divines se figent tout pouvoir
Qui s'adresse à l'homme, sans bien le concevoir.

III

Or, savoir goûter le charme de la sagesse
C'est de connaître le bonheur en liesse,
Les enfants de Jésus prouvent la vérité
Et dans notre vie, nous avons la liberté.

IV

Or, le grand jour viendra comme la renaissance
L'amour et les arts survinrent notre licence ;
La joie naturelle béait notre culture
Même la terre restaurera sa peinture.

V

Nous vouons nous tous à la charité suprême
Tout au sein d'un grand Dieu, qui, par pitié nous aime.
Nous dépistons ce que c'est que l'amour du temps
Allez prêcher partout, Jésus est mon titan.

VI

Nous chanterons mieux tous l'amour du Saint-Esprit
Sur chaque tête, posera son sceau d'esprit.
Le Seigneur répand sa grâce et bénédiction
Là, nous jouissons la crème de notre fonction.

VII

Désormais, nous gagnerons la force angélique
Nous serons tous des bébés saints à nos reliques.
Et nos cœurs auront des trésors à expliquer,
C'auront chamailler la nature à appliquer.

VIII

Jour de l'amour, jour de victoire solennelle
Ou chacun devient un soleil tout perpétuel.
Maladie, tristesses changeront en bonheur
Le Seigneur pourtant fera toute âme à l'honneur.

4-25-80
J.M.V.

ROI DES ROIS

I

Toi, qui laisse tout le ciel, le trône des trônes
En y pénétrant dans cette vie si hautaine
Croyant, aux gens méjugés, affamés et riches
Pour s'y être un sublime martyr sans reproche.

II

Toi, que nul ne s 'imagine pas de ton règne
Enveloppes par l'Esprit-Saint qui t'accompagne
S'incarnes, dans une chair mystérieusement,
Laquelle se naîtra aussi charnellement.

III

Jésus qu'on y espère, jadis, qu'on le voit
L'étoile d'espérance qu'on y plus prévoit ;
Maintenant, brille dans nos âmes inéffables,
Venant sur la terre, qu'il s'abaisse sans fable.

IV

Sans Jésus nul ne se croit point à ce secret :
O père ! qui classe son fils : à ces décrets
En nous faisant héritier de son beau pouvoir,
Etre professeur d'univers, qu'on peut nous voir.

V

Sa lumière reste sainte dans notre gloire
S'inclut largement, de nous un beau oratoire
Toujours nous disculper grâce à l'Esprit-Saint
Qu'agit sa béatitude dont il nous ceint.

VI

Seigneur, tu nous fais revérand de ce beau ciel
Etant patrie céleste, sommes-nous officiel ?
Tu es notre roi, tu nous lies de ton hymen
En t'affirmant gloire, pour tout te dire amen.

17-3-78
J.M.V

LA PAIX DE JESUS

I

La paix du Seigneur vient me combler tant de grâce
La paix du Seigneur vient dans mon âme troublante
Dans le vieux monde qui s'enfonce sans de races
Jésus nous ressuscite dans la vie courante.

II

Il nous affiliera aux genres littéraires
Il nous lèvera au prime à bord du matin,
Tous ceux qui s'abaissent, viennent sans téméraire
Pour communier bien sa vie en meilleur butin.

III

A notre père, qu'est notre rénovateur
En Dieu trois fois Saint, nous gagnerons de l'amour,
La paix du Seigneur vient, mais, comme fondateur
Ajouter de l'esprit au besoin du secours.

IV

Use en nous ta patience qui nous en confesse
Ta charité qui couvre, nous fera sortir pionnier ;
Et la joie de la santé se fait en promesse
La prélude spirituelle n'est point déniée.

V

Que l'humanité entière s'hémogénise
Dans le ministère de la paix qu'est libre
C'est là, que revient tout bon génie en devise,
Et encore, c'est une force sans pénombre.

VI

Bons serviteurs, engagez-vous dans cette voie
Nos frères et sœurs voudraient aussi cette source,
Qui, la loi dégage mieux l'avenir en joie
En effet, Dieu seul peut s'escompter la ressource.

6-30-80
J.M.V

SEIGNEUR MON REFUGE

I

Sur la terre étrangère, mon âme t'implore
Au sein, d'un monde inconnu aussi je t'invoque,
Et ta bonté, apparaît à mes yeux encore
Me console dans toutes mes voies aussi vagues
Me rassure fort bien la vie sans équivoque.

II

Quand l'ombre me saisie, je crêve bien d'ennuis
Quand mon premier ennemi veut m'appréhender ;
Forteresse, sécurité, Christ, ne m'ont nuis.
Chemin faisant, je te pense sans à tarder
L'Esprit consolateur presse de m'inonder.

III

Ce changement s'opère comme un grand mystère
Je vais m'abriter au cœur du Saint d'Israël,
Me conduit Jésus par son amour bien austère
Le Seigneur m'escorte à des anges naturels
Ceux qui me donnent force à la joie bien réelle.

IV

Un jour peut s'assombrir, le temps peut se varier
Soit par des choses nouvelles ou altérées
Toi, tu es bien mon secours, sur tous mes sentiers
C'est toi, qui conjugue mes desseins modérés
Surtout, quand tous mes sentiments sont bigarrés.

V

Seigneur, tu es mon refuge, sur mes naufrages
Car, l'adversaire cherche à tromper mes bons sens
Surtout, quand la tempête éclate et fait bien rage ;
Je suis encore impuissant, et pourvue d'essence
C'est toi, qui est bien l'amour de tous mes usages.

VI

La terre est encore étrangère comme une ombre
La misère la dévaste comme une proie,
Naturelle, elle est froide que le marbre
C'est pourquoi, les hommes abandonnent la loi
Se mettent en colère au cœur de sa paroi.

VII

On me fait prisonnier, pour ton nom, mon Seigneur
Je suis exilé, qui garde ton statue ;
Nul ne me cache, que toi, mon ambassadeur
Jésus qu'énumère ma force de vertu
Me rend la vie édénique, et m'évertue.

6-3-80
J.M.V

JOUR DE LA MUSIQUE

I

Au sommet de toutes rêveries mémoriables
Transmettent l'intuition d'un avis préalable ;
Qui pourtant, touche le sentiment d'un grand cœur
Jésus de Nazareth ménage notre chœur
Lui, qui nous instruit à être des orateurs.

II

Que tous apportent de nouvelles connaissances
Selon nos inspirations toujours bienfaisances
Chacun devrait dire, je suis un musicien,
Les talents des prophètes me font logicien
Et ceux des apôtres m'harnachaient les siens.

III

Tel pouvoir, m'est pourtant apte selon la Bible
Excellent, récit conçoit au cœur véritable ;
Viennent les concerts de tout temps, de tous les âges
Encore, il faut bénir Dieu pour cet ouvrage
O militants ! Que tes paroles soient bien sages .

IV

Ecoute la nature qui nous rend modeste
Pure dans le soir, qui sera le matin leste,
La misère a disparu sans nul sacrifice
Les soucis de la vie désappointe son vice
Maintenant, l'Esprit nous fait clé de confidence.

V

Chaque jour le monde s'est rendu à l'école
Pour s'instruire et d'avoir une vie modèle,
Nos activités se convergent en musiques
Quelles soient monotones, vives ou classiques ;
Dépensent les tous pour Jésus qui ne te manque.

VI

On récolte aussi le doux feu de tout amour
L'influence insurpassable nous porte au jour,
Il faut réhausser le cœur de toutes chansons
Le corps spirituel qu'émane nos liaisons
Et l'Esprit de Dieu luit en nous comme un buisson.

5-2-80
J.M.V

PRIERE SOLENNELLE

I

D'acquérir l'estime, c'est de se distinguer
Démontrer la puissance infinie du bon Dieu.
La parole de quelqu'un cherche à se vaquer
Quand on respecte l'Eternel sans mots odieux

II

Déjà, ce malheureux voit la face du ciel
Et, s'apprête bien de l'amour à ses semblables
Il se sanctifie dans un sens de substantiel
Dans le Seigneur Jésus, il devient beaucoup noble

III

Ce malheureux se comprend mieux, il s'examine ;
D'apporter toujours de différentes lumières,
Cette perfection répond tout sans bonne mine
De briller sa toge dans toute sa bannière .

IV

Oh ! Quelle est douce la prière solennelle
Jésus a mis son sceau dans nos tables de cœur
Cette vocation produit encore du zèle
Cette source du Saint-Esprit nous rend vainqueur.

V

Le secret du cœur vient aussi de la prière
Cette communion, c'est ce pain qui nous nourrit.
D'une façon providentielle de notre ère.
Celui qui s'adonne à ce devoir attérrit.

VI

Tous les sentiers de leurs excuses aux ténèbres.
Par elle, qu'on trouve la formation spirituelle
Cette bonté acquise témoigne sans ombre
L'amour de Jésus-Christ qui nous donne des ailes.

VII

La prière est bien la sœur de la charité
Et c'est le meilleur fruit, qu'on peut tirer du juste
Bienheureuse , qu'on l'accepte dans la vérité
Elle asservit la guérison pour les injustes.

7-12-79
J.M.V

PELERIN

I

Le vent bruit tout spontané, qu'il engourdisse
Le soir vient, et la nature change son acte
Végète l'arène des arbres sans détresses
Parfument aisément l'arôme de tout un secte.

II

Pousse par l'Esprit divin, Jésus nous attire
Cet homme seul peut visiter notre bon cœur,
Ses yeux servent l'optique à guérir, et lire ;
A travers notre archétype jusqu'au bonheur.

III

Parcourant, Samarie jusqu'à Jérusalem
Qu'il décrit le pacte de sa vie en règne,
Alors s'assemblent peu de gens à Bethléhem
Assouvirent de toutes leurs âmes la vigne.

IV

Aux extrémités de la terre, on l'entend
Sa voix court et résonne jusqu'à l'océan,
Maintenant l'écho sonore qu'on le comprend
La gloire de Dieu couvre chacun à céans.

V

Militants font notre bésogne pour le ciel
L'enseignement, qu'on octroie, donnez en gratuit
Semez la semence qui nous est substantielle
Encore, Jésus le pèlerin nous conduit.

J.M.V.

AMOUR DU PLAISIR

I

Une foule sortant, la Bible à la main
Prêchant partout, sans rien penser au lendemain,
Quand un doux vent fit flotter comme de bons anges
Aux services de Dieu, nous fîmes des louanges.

II

L'immense joie nous resta aussi perpétuelle
A beau ouïr les paroles de Jésus actuelles
Cette nouvelle nous fit heureuse sans merci.
La douce vie nous assagit mieux sans souci.

III

O miracle ! o espoir ! qui nous transmuta
A être saint, d'avoir bien la foi qu'on chanta,
Oh ! bien-aimé, du Christ nous a guéri
Cette force magnétique nous a souri.

IV

Toutes les brebis qu'ont supportées mes souffrances
Venez ,vivre la gloire de mon alliance,
Venez jouir ceux qu'ont vous été préparé
L'objet de mes vœux, mon père vous a leurré.

V

S'agissait-il de l'amour à nous partager ;
Fruit de la consolation de Dieu qu'ait léger,
Nous sortirions indemne à l'ultime lutte
Grâce à l'Esprit qui nous conduisit en vedette.

VI

Heureux celui qui chercha l'amour de la paix
On vous dirait fils de Dieu, qu'a connu le faix,
Sans se lasser à véhiculer mes stances
La grâce vous multipliera en confidence.

29-2-80
J.M.V

MAITRE DE L'AMOUR

I

Il n'y a de cœur qui puisse parler meilleur
Au prime à bord, à l'orée, venant juste à l'heure
Pour ressusciter le monde encore endormi,
Jésus rachète à ce que nous avons remis.
En nous faisant bien puissant et même célèbre
En l'écoutant, on deviendra maintenant libre.

II

On jouit de son trésor, pour se plaire à soi-même
On cherche le pardon, pour n'être plus infâme ;
En Jésus l'amour est plus fort que la raison
Seul maître nous fait rejoindre notre liaison.
Nos fonctions, telles qu'elles soient dans la société,
Lui seul est capable de nous bien allaiter

III

Il n'y a jamais de passions, sans réflexions
Regardons le ciel, c'est grâce à sa relation...
Il n'y a point de l'amour sans même à souffrir
Pour se soumettre, on a plus rien à l'offrir,
Son pouvoir nous déchaîne de sa liberté
Ni races, ni couleurs qu'octroient l'honnêteté.

IV

Certes, son amour nous rend heureux ; c'est la vie
L'être, et son art nous élirent bien avis
Ceux-ci nous formeront une âme éternelle ;
Une source intarissable à notre auréole
De sa puissance, nous deviendrons lumière
Dieu l'est, dans sa bonté nous nous jouissons toute ère.

V

Il n'existe pas l'univers, sans la nature
Les anges nous perfectionnent dans l'aventure ;
Nous font valoir à sa sagesse qu'une loi,
Bonté divine ! nous glisse vers notre roi
Pour s'y être fort, puissant, et reconnaissant ;
Notre maître bénira les obéissants.

28-4-78
J.M.V.

MERCI SEIGNEUR

I

De tout mon cœur, Seigneur, je suis venu à toi
Fléchissent les genoux, pour t'adorer sans loi,
Sans sacrifice et sans prix de consommation
Sans lutte et sans haine de toutes formations
Maintenant au soin d'un grand amour, tu m'appelles,
Pour jouir toute ta grâce de tes libelles.

II

Tu m'as nourri, et me pardonnes avec grâce
Et, en pleine bénédiction, qui me disgrâce
L'offense de tous mes péchés, t'ont bien déplus,
Avec joie, tu m'as changé, et ils ne sont plus,
Malgré tous mes tourments et mes iniquités
Par pitié, tu me donnes un cœur d'équité.

III

Mieux est grande ta plénitude et ton amour ;
Avec bonté, tu m'as donné vie, chaque jour
Tu prends grand soin des riches et des malheureux,
Qui s'égarent, s'oppriment aux mots orageux.
Et par compassion, tu pardonnes bien aux riches
Afin qu'ils supportent les pauvres les plus proches.

IV

Seigneur Jésus, jette un regard dans mon cœur
Afin que je chante mieux des hymnes au chœur,
Tu m'as épargné et tu m'as sauvé du pire,
Parce que tu gardes mon âme qui t'inspire,
Merci, Seigneur, parce que tu m'as bien lavé
Tu me donnes vie, et tu m'as bien élevé.

J.M.V.

MON SAUVEUR

I

Seigneur, je viens à toi pour demander pardon
Nous ne sommes plus rien, mon âme me le dit
Si quelqu'un croit un sujet, il n'est qu'un poltron
Seule ta bonté peut nous garder jusqu'au lit.

II

Je sais ici-bas, un jour, tu dois nous renaître
Si, nous nous sauverons, c'est par ta compassion ;
Ton amour est un bon fruit qui nous fait accroître
Cette eau-de-vie me jaillit, malgré mes actions.

III

Tu brilles ta lumière pour nous éclairer
Et mon esprit te rend gloire comme toujours ;
Je chante tes merveilles qui sont inspirées ;
Comme toujours, encore mon âme te loue.

IV

Béni sois-tu, mon Dieu qui m'a donné santé,
Quand je suis dans la tristesse, tu m'as guéri,
Quand je suis faible, tu me donnes fermeté
Conduis-moi, Seigneur, que je ne sois pas péri.

V

Christ, mon Sauveur, mon bon espoir, sois avec moi
Je te rends l'honneur, aussi pitié de mon âme ;
Tes prières sont nourritures de tes lois
Aussi, tout un vœu de mon bonheur que je charme.

J M.V

PENITENT

I

On éprouve de la joie dans la confession
On active la grandeur dans la conversion,
Et notre âme sent souvent d'être magnanime
En se relevant héroine d'un grand homme.

II

Comment sache acquitter cette dette gratuite ?
Sans avoir notre Seigneur de belle lurette.
Car, Jésus mon chef personnel est mon action
Maintes fois, qu'il s'est tué pour mes transgressions.

III

Ne sais-tu pas celui qui cherche Jésus-Christ ;
Gagne le ciel en entier sans pousser un cri,
Il te fait prince, à son côté dans sa gloire
Ce bonheur de la vie, vient de grande victoire.

IV

Ici-bas, l'église tire bien son écho
Ou 'on entend la voix de l'Esprit, sans cahot .
Maintenant, si tu es riche et jouisseur du monde
Viens donc, dans mon sentier, jamais qu'on ne t'émonde.

V

Toutefois, tu te sens bien pauvre ou blessé
Méprisé, hérissé en un mot tracassé,
Ne te rend point prisonnier, ou même égoiste
Le salut est là, qui t'attend comme vie chaste.

VI

Repens-toi bien, et donnes gloire à l'Eternel
Pénitent ! Pénitent ! ne soit jamais charnel
Il n'y a point de sacrifices sans épreuves
Réveilles-toi, que ton amour vienne sans preuve.

VII

L'alliance du Seigneur est immesurable
Qu'on atteste Moise, et Jésus sans affable ;
L'on reçoit sa propre fortune maintenant,
Si tu professes ma foi, tu es mon tenant.

VIII

On t'enchaînera plus, car, tu es resservé
On ne te dérobe, tu seras préservé.
Tu verras les bras forts de Dieu dans son amour
Par pitié, qui te délivre au dernier jour.

8-7-80
J.M.V

MERCI SEIGNEUR

I

Ton amour m'a frappé, et me fait bien heureux
Ta lueur m'a rendu splendide sans peureux
Et, ta force tangible revit dans mon âme
Qu'elle m'apporte cette vision sans bohème
Afin que je respire ton odeur sans flamme,
Et qu'elle m'exerce dans ma fonction la firme.

II

Devant ta béatitude, tu me pardonnes
Et qui m'avise liberté que tu me donnes
L'honneur que je t'ai vénéré, vient dans mon cœur,
M'assure d'être affranchi, toi, mon Sauveur,
Qui, on a vu seoir de me parler en douceur
Et que mes actions soient comptées pour le Seigneur.

III

Quelles grâce accomplis-tu mieux en ma faveur ?
Impénitent que je suis, je fis sans saveur
Je ne puis guérir ma douleur aussi amère
L'amour que je désire avoir dans notre père ;
Un jour je l'aurai, étant acquis de ma mère
Seigneur ! Maintenant que tout mon être t'adore.

IV

Jamais, je ne veux point citer ton nom en vain
Tes préceptes permettent que mon corps soit sain.
Et auxquels, me font bien vainqueur dans la victoire
Merci Seigneur, tu me fais entrer dans ta gloire
Et que le fils de l'homme, me tire vers lui
Pour que je sache le louer, et, qu'il me luit.

V

Merci Seigneur Jésus, pour le pain quotidien
Ici, l'ange de l'Eternel est mon gardien,
Toi, la santé permanente que je jouisse
Dans le combat de ma vie, tu es ma liesse.
Tu me disposes toujours de bonnes jouissances
Pour me faire un dieu loyal à ma connaissance.

8-14-80
J.M.V

DIEU DES ROIS

I

Dans la cour martiale, on impose la loi
Vétérans et militaires se réunissent
Pour étudier la cellule de cette aloi
Jamais, on arrivera trouver sa finesse
D'une telle place qui fait bien la sagesse.

II

Quatre mille ans, on attend un vrai nouveau monde
Ayant pour chef Jésus-Christ comme souverain
Qui n'a rien changé dans la nature des ondes,
Apparaît comme le soleil du lendemain
Pour dévoiler la philosophie à deux mains.

III

Son oeuvre reste bien moderne à la raison
Car, c'est le règne qui révèle toute science,
Son académie sert de l'homme la liaison
Qu'autant sa carrière nous fait toujours clémence
Jésus nous attrait fort bien dans sa véhémence.

IV

Quand les plus grands esprits s'emparent de la terre
On aura beau demandé un vrai jugement
Duquel, le sang de Jésus seul peut nous bien luire,
Ce sceau international est enchantement
Pour surplomber le fait réel à nous instruire.

V

La force et pouvoir sont le génie de tout homme,
Tel président établit son hégémonie
Pour se faire sentir sa puissance en arôme,
Quand tel roi s'élance sa valeur en défie
On croit dire, l'histoire perd son effigie.

VI

Alors, vint l'Esprit qui partagea sa lumière
Pour unir son beau monde dans un seul enceinte
Pour louer et bénír Dieu dans toutess ces mémoires
Mon premier fils donne bien la vie en vedette
Dieu créateur nous a fait de belle lurette.

8-6-80
J.M.V

LA CONFESSION

I

Qu'on traverse l'immensité de la pensée
Qu'on chemine maintenant la route avancée,
Ne sois jamais désespéré, gardes-toi ferme
Afin que ta conscience sois bien christianisme
Pourtant, essaie d'écarter la voie fanatisme.

II

La raison qui décale l'oraison du juste
Quelle que soit la confession, cela s'attriste
Vaut mieux de rentrer en relation avec Dieu ;
Cette vocation même dévoile tes yeux
Afin que tu laisses les théâtres des dieux.

III

La confession n'est point un jugement précaire
Mais, c'est une transformation sans téméraire,
Quand à grand intérêt, on regrette ses fautes
La pression du doute dans sa valeur augmente
Et le cœur ne peut juger la vie permanente.

IV

Qu'on connaît le remords, on change positon
L'acte de foi vers Jésus est à l'ovation.
Tu exerces la charité de ton amour
Tu laisses des mots profanes de tes discours
Et ta repentance fait aux autres la cour.

V

Tu avoues ce que tu renonces à garder
L'émoi qui t'échappe, Christ t'a sauvegardé.
Là, tu deviendras un mobilier de la force,
La force que Jésus te donne à son alliance
Te fait paraître la vertu de toute ambiance.

VI

La repentance jaillit la gloire de Dieu
Sur toi, et ceux qui t'environnent sans adieu,
Maintenant, tu entends la voix qui te console
Tes péchés ne seront plus, tiens ton auréole
Que la grâce du Seigneur fait ton hyperbole.

12-11-80
J.M.V

L'UNITE DE L 'ÉGLISE

I

Que peut-on faire de cet astre dominant ?
Que dit-on sur cet axiome prédominant ?
Que l'on compare à une fille de joie,
Et qui ne se laisse pas saisir son courroie
Au hasard, elle est restée vierge pour son roi.

II

Quoique prétentieuse, elle attrait tout le monde
Cette fille mobilise ceux qui lui sondent
Au rêve d'amour bien qui l'enchante souvent,
Se distribue ce petit feu qu'auparavant
Son chœur jaillit toute chanson en l'éprouvant

III

Il existe qu'une maison sur cette terre
La demeure du bon Dieu qui reste un mystère.
Et, à l'homme qui en veut, qu'il bien y pénètre ;
Afin de restaurer sa tente et pour s'y être
Il faut que la justice se voit bien paraître.

IV

Sache que Christ est roi des princes éternels
Qui s'unit l'église à sa triomphe réelle,
Point de religion, il s'agit son assemblée :
Qu'ait béni de son père, aux cœurs bien veillés
Et qui se souviennent de leurs vies vacillées.

V

L'église est un mystère qui confond les autres
Au devoir civique, qu'elle y doit bien paraître,
A sa dignité, et qui n'a point de couleurs
Pour les nations des enfants qui sortons vainqueur ;
Jésus l'a fait universelle à notre lueur.

VI

Elle a un caractère toujours bien distinct
Mais, compatible avec les hommes de l'instinct,
Travaillons bien, progressons tous à l'unité
La foi, ses fruits relient à notre volonté
La couronne de Jésus vient de sa bonté.

11-18-80
J.M.V.

PARLE-MOI DE JÉSUS

I

Quelle remarque fait-on pour savoir ce nom
Alors, qu'il se matricule dans mon prénom,
Pour ressusciter la vie de l'humanité
Il a fait l'objet précieux de sa vérité
Comme consommateur d'âmes de charité !

II

On ne regrettera jamais le prononcer
Ce beau nom de Jésus qu'on a dû énoncer
C'est la seule force qui vibre l'univers.
Cette perle nous donne de stances en vers ;
De la poésie en musique sans revers.

III

Parle-moi de Jésus, l'on voit tout son amour
Ceux que les hommes confrontent mieux en ce jour
Se déchirent tous sans se comprendre son probe
A lui d'apporter la gloire du soir à l'aube,
Manifeste sa pitié, et, qu'il nous enrobe.

VI

La nature chante aussi bien sa prouesse
Le monde craint de reconnaître sa sagesse
Et alors, qu'il est pourtant notre rédempteur
Visible, invisible comme consolateur
En tout temps, et, qui habite dans notre cœur.

V

Laisse-moi bien voir, Jésus qu'est mon tabernacle
Il est mon interlocuteur dans mon oracle
C'est la voie de la vérité qui fait la manne.
Qui m'arrête, de boire sa source divine ?
Nul n'oserait, ni la puissance subalterne.

VI

Il y a la vie et la joie dans son histoire
Ceux qui l'aiment, le cherchent dans son préhistoire.
Mais, il faut l'écouter pour venir un scientiste
Comme il a été sur la terre un bon artiste
Jésus bénit sabbat d'Israël « Adventiste ».

25-11-80
J.M.V

GUERISON DU MONDE

I

Maintenant, allons voir si la nature est pure
Si l'homme dans l'angoisse attend la vie future
Outre, le rêve du monde fera destin
Et le mystère ne sera plus clandestin,
Jésus apparaîtra pour unir son butin
Il nous changera en un être du matin.

II

La peur et le doute demandent la justice
La maladie est une cause très astuce
Il nous faudra un médecin pour la traîter
Christ l'univers sera notre sécurité.
La souffrance disparaît sans nous maltraîter
Déjà, la vie se laisse bien voir la santé.

III

Nul n'oserait parler l'effet de la fatigue
Alors, on laissera publier nos harangues
Afin que Dieu rétablisse la cité sainte.
La vie sera le lait et le miel sans absinthe
La gloire du Seigneur accomplit notre atteinte,
L'âme entière la bénira dans son enceinte.

IV

Victoire ! Victoire ! s'écrie l'humanité
Qui connaît longtemps l'amour de la vérité,
Et l'Esprit rénovateur répand sa sagesse
En acquittant cette dette de délicatesse.
Bien sur, ma vertu symbolise ma promesse,
Et tout l'univers caresse bien ma largesse.

V

Tu as été sanctifié, je t'ai purifié
Encor, ta blessure mortelle est justifiée.
Tu auras bientôt, ce qui te manque à la vie,
La vertu et le pouvoir qui t'auront ravis.
Dieu nous unie dans tout son amour qui lui plait,
Sois heureux , j'ai guéri le monde de sa plaie.

12-12-80
J.M.V

MAINS DIVINE

I

Toute la terre voit ta puissance, grand Dieu
Le ciel a l'éclat magnifique dans l'aveu
Poursuit bien sa course, chez les enfants qui t'aiment,
Tous ont vénérés la gloire, ailleurs, qu'on te charme
Dans leur bonne volonté qui fait leur flamme.

II

On regarde bien la nature sans comprendre
On profite d'en jouir sans pouvoir attendre,
Tes mains, Seigneur Jésus, sont notre guérison
Par elles sont mieux subvenues notre liaison
Et que le monde cherche toute sa raison.

III

Toutes tes mains sont remplies de bénédiction
De richesses et d'espoir sans introduction,
De bonheur et lumière, sans plus confusion
Une source qu'on peut tirer de provisions
Ton univers qu'on essaie chanter en visions.

IV

Tes fortes mains, nous permettent de respirer
Par elles, nous soulageons à nous réparer
Elles nous servent la tente au jour des tempêtes,
Qui nous préservent aussi de toutes nos faites
De plus, quand nos œuvres ont été malséantes.

V

C'est par tes mains que sortent les génies des globes
Et que tout homme te remercie même à l'aube.
Et voudrait bien faire des peintures le soir
Quand la provenance le pressa au pouvoir,
S'accomplit-il le rêve ? Essayant tout voir.

VI

Tes mains puissantes exercent l'autorité
Qu'elles sont bien dignes à ta divinité
Se servent tout un guide bien d'éternité
Surtout, elle dresse l'affection bien menée
Dieu dans son amour nous l'a fait coordonner

11-1-81
J.M.V

COMMENT CONNAITRE JESUS ?

I

On a bien vu le soleil d'amour s'est levé
Le monde dans sa connaissance l'a trouvé,
Jésus dans sa procréation le fait connaître
L'univers le couronne, ce qu'on a vu naître
La joie et le sourire nous font bien paraître.

II

Les étoiles dans ses voies lactées nous parsèment
Comme dans un champs de fleurs que les hommes s'aiment
Et nous laissent trouver un surhomme éternel.
Qui ne s'écroule point son destin en charnel
Qui nous révèle son amour bien fraternel.

III

Jadis, il nous envoie des signes et visions
Propres à renoncer à certaines actions;
Qu'il nous s'apitoie mieux dans ces consolations
Pour avoir une normale transformation,
C'est pourquoi, il a tombé dans la transition.

IV

Désormais, les péchés changent en vie d'honneur
La grâce du Seigneur nous apporte bonheur,
Ainsi, point des erreurs pour ceux qui bien le connaissent
Tous ceux qui le veulent, mènent leur vie finesse
Maintenant, qu'ils travaillent afin qu'ils progressent.

V

Sommes-nous bons, humbles, aimables et charmants?
Sa docilité nous fait de beaux -arts d'amants.
A nous d'avoir bien le pouvoir de lui aimer
Comme Dieu nous aime et nous permet de semer,
Toujours on a vu toutes les fleurs parsemées.

VI

Jésus-Christ est l'agneau du monde soyons simples
Il nous a donné tout son amour aussi ample,
Oh! adorons-nous le pourtant, sans vicissitude
L'Esprit consolateur vit notre certitude
Nos ténèbres passent, on voit notre attitude.

5-12-80
J.M.V

PEUPLE BENI

I

Le grand concert commence au réveil matinal
Le ciel même l'affirme à l'homme sans rival
Qui esquissa de chanter sa couleur locale
Pour glorifier le nom de Dieu qu'est plus facile,
La chaleur de l'amour se dégage sans vil.

II

Que chaque famille comprend sa vocation
Attendant du créateur sa bénédiction,
Qu'on fertilise sa santé spirituelle.
La grâce ajoute la vertu perpétuelle
Remonte au cœur l'animation vermeille.

III

Comme toute nation consent sa gratitude
Voudrait approcher de Dieu dans son attitude,
Alors, on l'inspire, on l'éprouve en soi-même
On l'invoque : Jésus-Christ répond à tout homme
Qui lui cherche partout, jusqu'au fond de son âme.

IV

Un peuple béni ne peut rester jamais coi
Qu'un chrétien doit pouvoir dépendre d'une loi,
Qui n'est pas notre traduction gothique
Qu'un livre sacré se réserve à notre éthique,
Et nous avons l'Eternel comme notre ethnique.

V

Pour être béni, il te faut consacrer
Et rien ne te manquera dans ta vie sacrée,
C'est là, qu'est devenu l'homme aussi naturel
Qui rendra plus la raison sociale, du zèle
Et s'explique la sagesse de Dieu actuelle.

VI

Il fait beau pour celui qu'attend notre Seigneur
Bien que le ciel et la terre seront candeur,
Au jour du récolte, nous sortirons prémices
Nous connaîtrons ce que c'est qu'un chef de services
Par la bonté de Dieu qui nous fait tant de grâce.

20-1-81
J.M.V

ALIBI

I

Est-il mieux possible d'être heureux, quand on veut ?
Alors, la vie demande bien la conviction
La conscience fera l'examen, quand on peut
Serait-il mieux d'avoir de bonnes réflexions ?
Quand Jésus t'appelle, fuis tes mauvaises actions
Sinon, tu perdiras toute grâce sans caution.

II

N'associe pas avec les enfers de Caïn
Et qui fait boire la terre des amertumes
Ce lâche ne se connaît et travaille en vain,
Il a du cœur aussi de garder sa coutume
De ne rechercher l'excuse comme témoin
La bonté de Jésus le faillit rester loin.

III

Oh ! homme qui cherche la gloire, attention !
C'est là, que l'ennemi t'a tendu un piège
Sois bien vigilant, veuilles sur ta précaution,
Dans ta vie permet que Dieu de bonté te siège
Ton bonheur augmentera même à volonté
Tu deviendras un jour maître dans ta beauté.

IV

Imites donc Jésus, voici ta communion
Ta simplicité fera te suivre partout
Et ta ressemblance sera belle à l'union,
Ne t'impose jamais à l'alibi surtout ;
Eviter de mener une vie égoiste
D'ores et déjà écarter la vie raciste.

V

Sais-tu que l'alibi n'est une honte à forger ?
Les moqueurs même le prennent pour leurs défenses
Car, c'est un mot facile et qui reste figer,
Quand on invoque Dieu, on l'emploie pour semence
Jésus nous change, et nous fait voir tout son amour
Béni sa miséricorde de son secours.

30-1-81
J.M.V

LE CHRISTIANISME

I

La nuit orageuse et d'angoisse s'est passée
Le jour qui le précède s'est bien hérissé
Et l'opprobre de l'homme s'est connu sans lutte.
On ne peut plus duper à la paix qu'on profite
Comme on ne peut se cacher l'amour de Jésus.
Dieu donne le ciel à l'homme, qui l'a conçu.

II

L'arrivée de Jésus-Christ s'anime en chair
D'où l'humanité devient un être très cher,
Notre roi, nous console dans tout son amour
Il montre le chemin qui sera notre tour
Lequel sa bonté nous révèle bien toujours.
La voie est bien facile, viens à ce concours.

III

On se brûla, quand la route est difficile
Car, la sagesse de l'homme n'est pas docile,
Alors on devrait recevoir Christ en honneur
Lui, qui nous couvre de pitié, pour son bonheur.
Sois bon courage et se modèle de piété
Sa vertu nous reflète de sa majesté.

IV

Nul ici-bas, ne peut comprendre son mystère
Parce que, l'homme est né pour vivre sur la terre,
Heureux ceux qui cherchent bien la paix de Jésus.
On devient chrétien, et que ta foi t'a conçu,
Les difficultés sont faites pour soulever
Et non pour décourager ; quand on s'est bravé.

V

Qu'on est chanceux de gagner le ciel d'un grand prix
Maintenant notre pouvoir sera bien compris
Notre session sera pour le ciel sans fatigue .
Et nous serons avec Dieu dans la synagogue
Pour l'adorer, chanter, prier, et d'en jouir...
Le bonheur parfait, qu'il nous accorde d'en réjouir.

2-28-81
J.M.V

CŒUR D'AMOUR

I

Dieu dans l'amour a fait naître l'humanité
Et l'univers s'enrichit de toutes beautés,
Or Adam le messager peint la poésie
Dans la nature, de toute sa courtoisie
Eve la compagne, se voit le couronner
Le monde devient l'héritage à s'adonner.

II

L'Eternel entre en Abraham, qui fait foi
Isaac voit la bénédiction sans la loi
Le fils des fils hériteront sa sagesse
Dont notre cher Seigneur Jésus-Christ nous confesse.
Venez, repentons, notre source nous attend
Oh ! déjà, la lumière, jusqu'à nous descend.

III

Changez le monde perverti en divin maître
Si l'on aime, point de sacrifices à naître
Venez tous, communiions ensembles dans la paix
Christ le souverain de l'amour, on ne le paie
Il nous appelle, et nous conduit jusqu 'au chœur
Réveillez-vous qui dormez, allez dans son cœur.

IV

Vous trouverez l'affection paternelle en joie
Déjá , le ciel nous sourit sans aucune loi.
Partageons sa foi en Esprit du créateur

Venez, vous tous, communions le ;dans notre cœur.
Voici, il nous emmène jusque dans l'amour
Bâtie au troisième ciel, s'éclore le jour.

V

Le sort de l'infidèle donne une coupure
Et dans sa tragédie de toute sa lecture
S'ajourne plus, l'espoir de notre divin maître,
O ! sans combat perdant l'harmonie du bien-être
A défaut, de se gloser, on mieux s'en retire
Au chœur de la prière pour saper à lyre.

VI

Venez, vous qui être patients de bien m'attendre
Vous, qui s'en doutez, je désire vous reprendre
De se revêtir de mon manteau pur sans tâche
Vous nourrissez ma nourriture sans relâche
La maison de mon père sera une fête
Avec des bénédictions et lauriers sans dettes.

VII

Je suis l'amour ; que vous vivez ma perfection
Et mon bonheur, c'est de vous donner l'affection
Aimons-nous, aidons-nous dans la joie la plus simple
Qui se ramollit nos confessions les plus amples.
Quiconque m'aime, je l'emmènerai au chœur
Afin de le pouvoir y faire voir mon cœur.

3-13-76
J.M.V

POETE !

I

Il faut apprendre à aimer l'amour de Jésus
Qui polit et blanchit toujours l'âme sereine
Qui corrige et redresse tout ce qu'on a su
Réformant la vie pessimiste en souveraine
De reconnaître Dieu comme seul étendard,
C'est une chance que l'on vive en substandard.

II

Poète souviens-toi mieux de notre créateur
Tu deviendras puissant dans tes inspirations
Tu sortiras de l'époque un bon inventeur,
Tu enseigneras l'éthique comme donation,
Que ton génie brille mieux dans la société,
Vivre avec Christ, mais respecté ta dignité.

III

Jésus-Christ lui-même, nous instruit à y être
De goûter tous ceux qui sont bons et agréables ;
Bientôt, dans des beaux-arts que l'on doive connaître.
La narration des saisons sont toujours bien stables
Que la nature ne peut traîter sans noblesse
Donc cultive la, sous caution de ta sagesse.

IV

Que ta plume ne t'arrête point en chemin
Qu'elle soit l'épée pour défendre l'Eternel.
Pour Dieu seul, que ton cœur luit sur des parchemins
Méditant des joies d'enfance au bien paternel ;
Que ton écho soit la victoire de sa gloire,
Tes dons deviennent l'amour gratuit d 'un pourboire.

4-5-84
J.M.V

MON BIEN-AIME

I

Je veux connaître bien l'amour,
Le secret de l'humilité
Que je dore de tous les jours
D'aimer à fond la vérité.

II

Jésus est toujours ma réponse
Je lui confie tout mon cher être
Un disciple de confidence
A eu tout un esprit de maître.

III

Que l'amour de Jésus est grand
Dans la vie de l'humanité
Si grand , si pur dans notre rang
Qu'il témoigne bien la bonté.

IV

Dieu s'est rendu l'homme ici-bas
Et, pour surmonter notre glas
Devient le fils de loyauté,
Voici bien notre éternité.

V

Toi, bien-aimé dans le Seigneur
Entend la voix de ton Sauveur
L'Esprit saint te rayonnera,
De sagesse, qu'il te fera.

VI

Alors, ce pouvoir te subsiste
Tu conserveras ce qui reste
L'amour du Christ, ce don précieux
Que tu en jouisses sous les cieux.

1-17-93
J.M.V

DIEU ET L'HOMME

I

Rien n'est semblable à toi, grand Dieu
Rien ne sujette dans ton règne.
L'homme affirme souvent adieu,
Par l'ennemi qui ne l'épargne.

II

Seigneur, tu ne l'assujettis
Par l'amour de ton espérance.
Ce dessein, tu le définis
Pour être dans ta ressemblance.

III

De ton manteau, tu le statues
Pour l'instruire de la sagesse.
Tu le guides dans ta vertu
Pour mieux l'inspirer de ta liesse.

IV

L'auguste de ta majesté
S'est connu en éternité,
L'Eden, trésor de ta bonté
Que l'homme jouit ta loyauté.

V

Ton sabbat enrichit tout homme,
C'est l'affection de ta rencontre

Conseille de vie, pour notre âme ;
Tu l'as formé pour te connaître.

VI

Selon le désir de ton cœur ;
De sa nature, il se rebelle
Il équivoque leur rancœurs
Il s'avère de ses libelles.

VII

L'homme faisant l'errant chemin ;
Dieu étant sa main, lui pardonne
Pour lui rendre heureux le matin
Par la nature, qu'il en donne.

VIII

L'homme se souvient de sa grâce ;
Disant bien, merci à Jésus
Qu'est le bonheur de notre race,
Qu'ouvre son amour par- dessus.

IX

Et Dieu le luit sa réjouissance
Contempler, et bénir ses œuvres,
A l'homme de sa ressemblance
Dieu l'a créé pour être libre.

5-12-87
J.M.V

TRESOR SANS FIN !

I

Jésus nous donne le chemin libre
Enfant, sachez le tous en grand nombre
Le ciel paradis, qui vous attend
Empressez-vous bien d'entrer à temps.

II

Vous aimez la terre, vous tomberez
Vous souffrirez, vous lamenterez
Tout est éphémère sur la terre.
Plaisir, déplaisir sont solitaires.

III

Vous chercherez partout le bonheur
Vous ne trouverez rien à l'honneur,
C'est que le péril vous a surpris
Qu'il vous jette au chaume du mépris.

IV

Comment avoir Jésus pour trésor ?
Lui, qui est la vie, qu'il dort le cor
La source des ètres, l'a chanté
Promesse d'amour de sa bonté.

V

Certainement, confiez-vous en lui
Dieu vous bénit, la foi vous poursuit.
Jésus est toujours trésor sans fin
Et vous aurez le ciel sans confins.

VI

Vous adhérerez l'honnêteté
A tous ceux qui aiment la liberté
Voudront bien chercher le paradis,
Comme il vous a été mieux perdit.

VII

Vous jouissez la vie éternelle
Qui vous couronne au sein paternel
Tout semblera beau, comme des anges
A Jésus-Christ sera la louange.

11-15-93
J.M.V

PROMESSE DE JESUS

I

Il fut un temps, qu'on connaîtra le deuil
Et le monde a laissé le sol du seuil,
Aussi, la terre entière s'immunise
Aux regards tristes de l'homme sans mise.

II

La maladie recourt à la souffrance
Notre Seigneur est notre délivrance
Conduisant à la mort sans même, adieu
Et que la victoire est à notre Dieu.

III

L'amertume entraîna bien de la peur
S'évaporisa comme la vapeur
On se demanda où est donc la vie,
Jésus répondit : qu'il est mon ami.

IV

Il y a beaucoup d'espoir à survivre
De lui remettre tout son cœur pour vivre
Pour être heureux dans l'éternité
Christ est l'affection de l'humanité.

V

Belle promesse, belle illustration
Qu'impliquent le rêve de ma vision
Bien à Dieu soit la gloire, la puissance
Ainsi, Jésus est notre bienséance.

8-10-88
J.M.V

LE CIEL A-T-IL UN PRIX

I

Dieu créa toutes choses, pour l'être humain
Qu'il avait tout fait bon, parfait entre ses mains ;
Il instruit l'homme pour qu'il soit devenu maître
L'homme s'ingénie mutuellement d'y bien être.

II

Faisant explorateur, qu'attrait ce nouveau monde
La nature dans toutes ses merveilles ondes ;
Chante la gloire à Dieu éternellement.
A Jésus-Christ qu'anime la vie pieusement.

III

Le ciel a-t-il donc une valeur, d'un prix noble ?
Le sacrifice de son sang est équitable,
C'est le sceau de l'univers que contient l'empire
Et la joie s'est donnée à tous ceux qui respirent

IV

Nous sommes le verdique, enfants de promesse ;
Du père d'Abraham, faisait notre allégresse.
En ce jour, cette génération est acquise
Regarde à Jésus-Christ qu'est toujours notre guise.

V

L'amour du Christ s'est d'en jouir de son héritage
Pardons oubliés, paix proclamé à tous âges.
Le monde lutte pour changement radical
S'entretue pour voir un pays national.

VI

Et qui n'aboutira jamais à la sagesse,
Qu'avec Dieu la vie te sera donnée sans cesse ;
Là, Jésus demeure ce sera ma maison
Je chanterai la prière des oraisons.

VII

L'Esprit du Tout-Puissant me couvre de son ombre
Le ciel sera ravi de la joie sans pénombres.
Jésus-Christ a déjà payé tout mon salaire
L'homme laissera le jugement téméraire.

4-9-92
J.M.V

L'AMOUR

I

L'amour est un art qui crée le plaisir
Sans lui, on ne dépend pas à loisir
C'est –ce qui fait sourire l'homme et femme
Pour chanter la gloire de Dieu dans l'âme.

II

Qu'il naît dans le cœur de tout un chacun
Comme une fleur déclore dans quelqu'un.
Nul n'ose dire qu'il n'a point l'amour
Qui luit dans son cœur pour parer le jour.

III

C'est pas ce même mot, qu'on se fleurit
Dans les mains , d 'un grand Dieu toujours sourit ;
En tombant au sein d'hommes de nature
Alors, ce jeu s'acquiert aux aventures.

IV

L'amour, c'est aimé de tout notre cœur
Une échelle à gravir selon l'honneur :
Un mot à souffrir, et, à supporter
Une haine à fléchir pour lutter.

V

Une prière ; qu'on veut bien former
Aux trésors d'amitié pour se palmer ;
Jamais, on ne prétend le comparer
D'user la bonhomie accaparée.

VI

A bien servir la tendresse en sagesse
Jeunes et vieux font qualités de promesse.
En montrant leurs passions et leurs visions
Aux mille couches de leurs prétentions.

VII

Ceux qui l'aiment mieux montrent leurs bontés
En semant son savoir pour sa beauté,
En spéculant bien toute sa raison
Qui filtre en un chapitre d'unisson.

VIII

Pour cantonner l'amour, il faut s'unir
C'est une source à boire sans bannir,
Il te fait rêver en pleurant de joie
Et qui te ramène juste au courroie.

IX

D'un jeu d'enfant, d'adulte tout charmant
Qui ressuscite le désire d'amants,
Pourtant, l'amour se sert à ceux qui l'aiment ;
Pour triompher à ce qu'on sème.

X

Dieu est amour dans toute trilogie
Lumière et source de théologie ;
L'amour restera éternel et saint
Christ l'est, et il nous fera aussi sain.

11-22-93
J.M.V

TEMOIGNAGES

I

Tous les chrétiens sont-ils bien tous des bien-aimés ?
Tous les serviteurs sont-ils toujours alarmés?
La parole de Dieu éclaire nos sentiers
Et brûle nos entrailles non pas à moitié

II

Il faut des témoins qui assument des adages
Gloire à Jésus qui relève les témoignages
Aux enfants qui l'aiment et qui l'enchérissent
A tous ceux qui la gardent, et la chérissent.

III

Car, seul Dieu est jaloux, il faut lui témoigner
Serviteurs de l'Eternel, il faut sermonner
La maison est grande, et la récolte est prête
Nul n'est digne à ce texte et qui s'apprête.

IV

La nature l'acquiert à toute ère constance,
Pour orner l'humanité de sa performance
Témoignes avec l'art sans épines et ronces
Aux âmes, demain, aujourd'hui que tu n'enfonces.

V

A la lumière de Dieu, tu produis des fruits
A la sagesse du Christ, tu fuis tous les bruits

Sois dans tous les vents de colère des ténèbres
Jésus pare ta vie pour l'avenir de l'ombre.

VI

Il faut témoigner avec amour l'Ecriture
Avises cette doctrine de procédure !
Tu germeras les fleurs dans les cœurs difficiles
Quand tout n'apparaît pas bien facile et docile.

VII

La foi le berceau de la contemplation
Cette substance qui suce à toutes nations,
Et, à tout peuple que véhicule la langue
Qui narre Jésus crucifié dans cette harangue.

VIII

Témoignes Dieu, c'est de vivre son existence
L'univers, et l'homme sont bien à l'occurrence,
Maintenant, de raconter sa gloire sans cesse
Dans une flamme inlassable, de prouesse.

IX

Jésus le confident te récompensera
La noble d'holocauste , il l'acquittera
Te fais aussi l'orateur de son éloquence
Toujours en concordance de sa providence.

11-8-94
J.M.V

TABLE S DES MATIERES

03-20-04
J.M.V